AF400988

IBLIS,

TRAGEDIE,

REPRÉSENTÉE

POUR LA PREMIERE FOIS,

PAR L'ACADEMIE ROYALE

DE MUSIQUE;

Le *dixième* jour de Novembre 1732.

DE L'IMPRIMERIE

De JEAN-BAPTISTE-CHRISTOPHE BALLARD,

Seul Imprimeur du Roy, & de l'Académie Royale de Musique.

M. DCCXXXII.

AVEC PRIVILEGE DU ROY.

LE PRIX EST DE XXX. SOLS.

ACTEURS CHANTANTS

DU PROLOGUE.

AMPHITRITE, Mlle. Petitpas.

Troupe de Nymphes, de Nereïdes.

Troupe de Dieux Marins, de Tritons
& de Fleuves.

NEPTUNE, Mr. Dun.

JUNON, Mlle. Jullye.

Acteurs Chantans dans tous les Chœurs du Prologue
& de la Tragedie.

CôTE' DU ROY.   CôTE' DE LA REINE.

Mesdemoiselles	*Messieurs*	*Mesdemoiselles*	*Messieurs*
Dun.	Dun-Pere.	Antier-C.	Le Myre.
	Flamand.		Morand.
Campourcy.	S. Martin.	Tettelette.	Deserre.
	Marcelet.	Charlard.	Plet.
Souris.	Lefevre.		Louette.
Lavallée.	Buseau.	Delorge.	Dautrep.
	Deshais.		Lasalle.
Gaumenil.	Duplessis.	Ducoudray.	Besson.
	Combault.		Duchesne.
Clouette.	Bornet.	Deshaigle.	Houbault.

ACTEURS DANSANTS

DU PROLOGUE.

SUIVANTES D'AMPHITRITE;

Mademoiselle Feret;

Mesdemoiselles Durocher , Carville , Favre,
Lamartiniere.

TRITONS;

Monsieur Laval;

Messieurs Savar , Javilliers , Dumay , Dupré.

PROLOGUE.

Le Theâtre repréſente le Palais de NEPTUNE.
AMPHITRITE paroît ſur un Trône, entourée
de Nymphes, de Nereides, de Dieux Marins, de
Tritons & de Fleuves.

SCENE PREMIERE.

AMPHITRITE.

Vous, qui formez la Cour du Souverain des
     Mers,
    Glorieux Soûtiens de ſon Trône,
Célébrez avec moy l'heureux jour, où Latone
Evita le couroux de la Reine des airs.
    Par les bien-faits du Dieu de l'onde,
    Appollon & Diane embeliſſent le monde.

Chantez, que vos Concerts s'élevent juſqu'aux Cieux:
Marquez d'un jour ſi beau, la gloire & la puiſſance;
Au Dieu le plus brillant, il donna la naiſſance;
Qu'il triomphe, qu'il regne & qu'il brille en tous lieux

é

PROLOGUE.

CHOEUR.

Chantons, que nos Concerts s'élevent jusqu'aux Cieux:
Marquons d'un jour si beau la gloire & la puissance;
Au Dieu le plus brillant, il donna la naissance;
Qu'il triomphe, qu'il regne & qu'il brille en tous lieux.

AMPHITRITE.

Flambeau des Cieux, Amour du monde,
Tout doit rendre à tes feux un hommage éternel:
Mais lorsque l'Univers, pour toy, n'est qu'un Autel,
Tu dois en élever au Souverain de l'onde.

On danse.

AMPHITRITE.

Tendre Amour, sur ce Rivage,
A tes traits vainqueurs
Soûmets tous les cœurs,
C'est au printems du bel âge
Que tes doux plaisirs
Comblent nos desirs.

La tendresse
Est pour la Jeunesse,
Tout l'invite à s'enflâmer;
C'est envain que la Sagesse
Voudroit luy défendre de charmer.

Tendre Amour, &c.

Que sans cesse
L'on s'empresse
De former d'aimables nœuds,
Quand ce Dieu charmant nous blesse,
Sa gloire est de nous rendre heureux.

Tendre Amour, &c.

SCENE II.

NEPTUNE, AMPHITRITE, & les Acteurs
de la Scene précédente.

NEPTUNE.

JE viens par ma préfence, animer vôtre zele ;
Les Jeux que vous offrez au plus brillant des Dieux,
Font voler ma gloire immortelle,
Où l'on voit éclater fes feux.

Qu'à ma voix tous vos chants s'uniffent,
Formez les plus charmants Concerts ;
Que la Terre & les Mers de fon nom retentiffent,
Que tout porte fa gloire au bout de l'Univers.

CHOEUR.

Qu'à fa voix tous nos chants s'uniffent,
Formons les plus charmants Concerts ;
Que la Terre & les Mers de fon nom retentiffent,
Que tout porte fa gloire au bout de l'Univers.

AMPHITRITE ET NEPTUNE.

Vole avec ta Mere,
Vainqueur de Cythere,
Tout eft fans appas
Où vous ne brillez pas.
Regne fur nos ames,
Préfide à nos Jeux ;
Sans tes douces flâmes,
Qui peut être heureux ?

NEPTUNE.

Envain un Monſtre affreux ſignaloit la victoire
Du Dieu qui fait naître le jour,
Vainement, tout fier de ſa gloire,
Il bravoit les traits de l'Amour.
Ce Dieu connût par ſa défaite,
Que la plus brillante conqueſte
Céde à la charmante douceur
D'avoüer l'Amour pour vainqueur.

AMPHITRITE ET NEPTUNE,
alternativement avec le Chœur.

Que juſqu'en nos Grotes profondes
Il faſſe ſentir ſes ardeurs :
Et qu'il embrâſe tous les cœurs,
Malgré la froideur de nos Ondes.

On entend une Symphonie tres-vive, qui annonce
la deſcente de JUNON.

NEPTUNE.

Quel bruit ! qui fait fremir les Airs ?
Tous les Vents en couroux ſont ſortis de leurs chaînes :
Quoy ? dans un jour ſi beau ſur les humides Plaines,
Sans mes commandements on ſouleve les Mers ?
Tremblez Audacieux !... redoutez ma vangeance !...
Mais, que vois-je ? Junon ! Souveraine des Cieux,
Venez-vous dans ces lieux,
Uſurper ma puiſſance ?

SCENE III.

JUNON, dans son Char, accompagnée des Aquilons,
& les Acteurs de la Scene précédente.

JUNON.

Après une mortelle offense,
Neptune est donc toûjours contraire à mes desirs?
De mon volage Epoux il sert les doux plaisirs,
Il célébre le jour, où ma juste colere
Ne peut servir mon cœur jaloux.

Ah! si le Dieu du jour & sa coupable Mere
N'ont point éprouvé mon couroux,
Du moins, faisons tomber mes coups
Sur ce sang Criminel qui ne sçauroit me plaire.

Hâtons-nous, suivons ma fureur;
Que l'Amour seconde ma haine,
Qu'il allume des feux, dont la coupable ardeur
Rende ma vangeance certaine.

aux AQUILONS.

Volez fiers Aquilons, & servez vôtre Reine.

JUNON est enlevée par les Aquilons.

NEPTUNE.

Quoy! les Dieux gardent-ils tant de ressentiments?
Méprisons les transports d'une inutile rage.

Que les Plaisirs sur ce Rivage,
Renouvellent vos Jeux charmants.

CHOEUR.

Que les Plaisirs, &c.

FIN DU PROLOGUE.

ACTEURS DE LA TRAGEDIE.

BIBLIS, *Prêtreſſe d'Appollon,
Heritiere du Trône d'Ionie ; Fille
de Milet, Fils d'Apollon,*   Mlle. Peliſſier.

CAUNUS, *Frere de Biblis,
Souverain des Phocéens.*   Mr. Chaſſé.

ISMENE, *Souveraine de la Carie.*   Mlle. Lemaure.

IPHIS, *Prince d'Ionie.*   Mr. Tribou.

*Troupe d'Ioniens , de Mileſiens &
de Phocéens.*

UNE MILESIENNE.   Mlle. Petitpas.
L'ORACLE D'APOLLON.   Mr. Dun.

Troupe de Cariens & de Matelots.

UNE MATELOTTE.   Mlle. Petitpas.

*Troupe de Songes, ſous la forme des Amants
heureux & des Amants malheureux.*

UN SONGE, *ſous la forme d'une
Amante heureuſe.*   Mlle. Petitpas.

Troupe de Peuples de divers endroits de la Grece.

UNE IONIENNE.   Mlle. Petitpas.

La Scene eſt à Milet, Capitale de l'Ionie.

ACTEURS DANSANTS
DE LA TRAGEDIE.

PREMIER ACTE.

MILESIENS ET MILESIENNES;

Monsieur Dupré ;

Messieurs Dangeville , P-Dumoulin, Dumay, Dupré;

Mesdemoiselles Durocher , Carville , Favre, Lamartiniere.

SECOND ACTE.

MATELÓTS ET MATELOTTES;

Mademoiselle Camargo ;

Messieurs Malter-C., Bontemps;

Messieurs Malter-L. , P-Dumoulin , F-Dumoulin, Dangeville , Hamoche.

Mesdemoiselles Feret , Lamartiniere, Thybert, Favre , Richalet.

TROISIE'ME ACTE.

SONGES,
sous la forme d'Amants heureux ;

Mademoiselle. Sallé ;

Monsieur D-Dumoulin, Mademoiselle Camargo ;

Messieurs Malter-L., F-Dumoulin , Hamoche,
P-Dumoulin ;

Mesdemoiselles Richalet , Lamartiniere , Favre,
Saint Germain.

SONGES,
sous la forme d'Amants malheureux ;

Monsieur Dupré ;

Messieurs Bontemps , Malter-C., Savar , Dumay ;
Mesdemoiselles Durocher , Carville, Thybert, Favre.

QUATRIE'ME ACTE.

PEUPLES DIVERS ;

Monsieur Laval , Mademoiselle Sallé ;
Messieurs P-Dumoulin, Dupré, Dumay , Bontemps ;
Mesdemoiselles Thybert, Durocher , Favre, Feret.

BIBLIS,

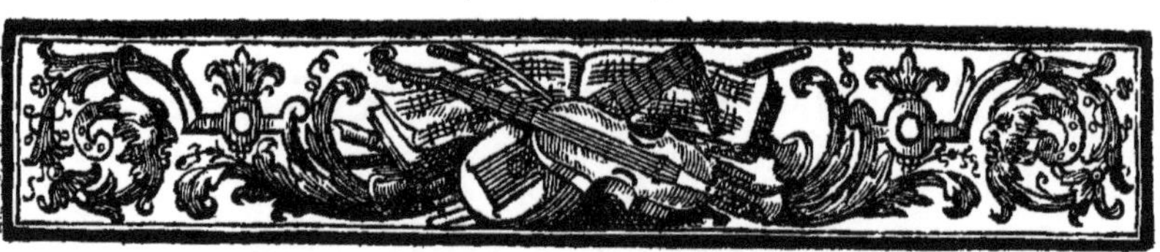

BIBLIS,
TRAGEDIE.

ACTE PREMIER.

Le Theâtre repréſente le Temple d'APOLLON,
célébre dans la Ville de Milet.

SCENE PREMIERE.
CAUNUS, ISMENE.
CAUNUS.

A Victoire en ces lieux accompagne mes pas,
Les Mutins ſont domptez, je vous rends vos
    Etats.

L'Amour vous a ſoûmis mon ame,
Et je regne ſur vôtre cœur :
Mais, que ce doux moment, pour traverſer ma flâme,
Me préſage un cruel malheur !

A

BIBLIS,

I S M E N E.

Partagez la douceur extrême
Que j'éprouve en cet heureux jour ;
Je reçois des mains de l'Amour,
Vôtre cœur & mon Diadême.

C A U N U S.

Que mon sort seroit doux, en voyant ce que j'aime,
Si je goûtois sans trouble un plaisir si charmant !
Mais, les Dieux ennemis de mon bonheur suprême
Me le font payer cherement.

I S M E N E.

Ciel ! fais-tu sentir ta colere
Pour punir deux tendres Amants ?
Helas ! si c'est l'Amour, ma perte est necessaire :
Frappe ! mon cœur t'offenseroit long-tems.

C A U N U S.

Envain, pour connoître nos crimes,
Nous implorons les Immortels ;
Chaque jour le sang des Victimes,
Coule à grands flots sur leurs Autels.

Rien ne peut les calmer ; une langueur mortelle
Va ravir à Biblis la lumiere des Cieux,
C'est ma Sœur, l'amitié me fait sentir comme elle,
Les traits dont l'accablent les Dieux.

I S M E N E.

Je plains son destin rigoureux.

CAUNUS.

Iphis , cet Amy genereux ,
Qui partage avec moy l'éclat de ma victoire ,
Est mal recompensé d'avoir servy la gloire ,
Quand l'Amour s'oppose à ses vœux.
Il adore ma Sœur , & son indifference
Augmente tous les jours ses feux :
Non , non , avec tant de constance ,
Jamais Amant ne fût plus malheureux.

ISMENE.

Biblis paroît , je vous laisse en ces lieux.

SCENE II.

BIBLIS, CAUNUS, Suite de BIBLIS.

CAUNUS.

LE Ciel ne veut-il point vous être favorable ?

BIBLIS.

Helas !

CAUNUS.

Que vôtre sort m'accable !

Pour un crime inconnu , nous t'adressons nos vœux ,
Ciel injuste ! Ciel implacable !
Pour te justifier , fais-moy trouver coupable ,
Et lance sur moy seul ton couroux rigoureux.

B I B L I S.

Je sçais tout ce qu'il faut pour désarmer sa haine,
Et pour rendre mon Peuple heureux ;
Joignez à vos Etats ma grandeur souveraine,
Et vous allez fléchir les Dieux.

C A U N U S.

C'est à vous de calmer la colere celeste.

B I B L I S.

Non, non, mon Regne est trop funeste,
C'est moy qui fais tomber la foudre dans ces lieux ;
Je rends à vos vertus la suprême puissance
Que me donnoit le droit de ma naissance ;
Je sens que le jour qui nous luit,
Va se couvrir pour moy d'une éternelle nuit.

C A U N U S.

Prêtresse d'Apollon, soûtenez la Couronne
Que sur moy, ce Titre vous donne ;
Vivez, offrez aux Dieux l'encens,
Donnez des loix, regnez sur un peuple fidelle.

B I B L I S.

Les Dieux refusent mes présens,
Le soin de leurs Autels doit avoir tout mon zele.
Vous avez apaisé les Mutins furieux,
Qui tant de fois ont troublé la Carie ;
Qu'Ismene regne enfin, sans trouble, sans envie.
Demeurez, tout est prêt, qu'Elle quitte ces lieux.

CAUNUS.

Ifmene!

BIBLIS.

Ses Sujets veulent revoir leur Reine,
Quel triomphe pour vous, quel charme pour Ifmene!

On entend le bruit d'une Marche.

Le Peuple vient icy fe ranger fous vos loix,
Recevez fon premier hommage :
Il faut que dans ce Temple, un Serment vous engage
A refpecter les Decrets de nos Rois.

✳✳✳✳✳✳✳✳✳✳✳✳✳✳✳✳✳✳✳✳✳✳✳✳✳✳✳✳✳✳✳✳✳✳✳✳✳✳✳

SCENE III.

BIBLIS, CAUNUS, Troupe D'IONIENS, DE MILESIENS ET DE PHOCE'ENS.

BIBLIS.

Vous que le Sort foûmet à mon obéïffance,
Peuples, dont la victoire accompagne les pas,
Qui dans les plus lointains climats
Avez toûjours porté ma gloire & ma puiffance,
Recevez de ma main un Roy victorieux :
Il vient de triompher fur la Terre & fur l'Onde ;
Ses vertus, fon grand cœur, fes exploits glorieux
Meritent l'Empire du monde.

Célébrez un Heros qui va regner sur vous ;
Il a sous ses Drapeaux enchaîné la victoire :
    Pour redoubler encor sa gloire,
Qu'il triomphe du Sort & des Dieux en couroux.

C H OE U R.

Célébrons un Heros, &c.   On danse.

Une IONIENNE, alternativement avec le Chœur.
    De nos jeux chaſſons la crainte,
    Les Dieux calment leur couroux ;
    Aimons, vivons ſans contrainte,
    Un Heros regne ſur nous.

    Que les plaintes diſparoiſſent,
    Que les Ris ſoient de retour ;
    Que les beaux jours qui renaiſſent,
    Livrent nos cœurs à l'Amour.   On danse.

C A U N U S.

Dans le ſéjour des Morts, Manes que je revere,
Vous, dont les Immortels couronnent les exploits,
    Ecoutez, Ombre de mon Pere,
Le Serment que je fais, pour obſerver vos loix :
Et vous Dieu, dont le ſang luy donna la lumiere,
    Apollon, entendez ma voix.

    Que le Dieu qui lance la foudre,
    Lance ſur moy ſes traits ;
    Qu'il reduiſe un Parjure en poudre,
    Si je mépriſe vos Arreſts.

Je jure…. je promets….

On entend une Symphonie effrayante, le Tonnerre gronde, & l'on voit briller les éclairs.

CHOEUR.

Quel bruit épouvantable !
La Terre tremble sous nos pas !
Du séjour des Enfers , une voix effroyable
Annonce dans ces lieux l'horreur & le trépas.

CAUNUS.

Ce bruit, d'un Dieu puissant annonce la présence;
L'Oracle va parler , gardez-tous le silence.

L'ORACLE D'APOLLON.

Tremble! Malheureux, tremble à l'aspect de ces lieux;

Laisse joüir Biblis de la Couronne:

Le plus cruel malheur , pour toy seul l'environne;

Fuis, respecte mon sang , & le Trône , & les Dieux.

CAUNUS.

Vous serez satisfaits , calmez vôtre colere,
Dieux redoutables ! Dieux vangeurs !
Je vais , loin de ces lieux , détourner les malheurs
Que vient de m'annoncer un Pere.

S C E N E IV.

B I B L I S.

Tout fuit ! tout est saisi d'horreur !
A ce desordre affreux, suis-je seule insensible ?
Non, je n'entens que trop cet Oracle terrible,
     Il ne menace que mon cœur.
Quelle fatale ardeur dans mon ame s'allume ?
     Où suis-je ? qu'est-ce que je voy ?
     Le feu mortel qui me consume,
Dans un abîme affreux m'entraîne malgré-moy.

Apollon, vange-toy, l'ardeur qui me dévore,
     Outrage le sang & les Dieux ;
Ah ! plûtôt de nommer le Heros que j'adore,
Renonçons pour jamais à la clarté des Cieux.

Soleil, à mes regards n'offre plus ta lumiere,
Dans tes gouffres profonds, Terre, engloutis mes pas ;
Dieux, lancez le Tonnerre & ne m'épargnez pas,
Punissez vôtre ouvrage en causant mon trépas ;
Je ne tiens mon amour que de vôtre colere.

FIN DU PREMIER ACTE.

                   ACTE II.

ACTE SECOND.

Le Theâtre repréſente un Port de Mer, où l'on voit des Vaiſſeaux preparez pour le départ d'ISMENE.

SCENE PREMIERE.

IPHIS.

Amour, ſignale ta fureur
Sur un Amant tendre & fidele;
Mais, ne m'accable point de la douleur mortele,
De voir perir l'Objet qui regne dans mon cœur.

Je languis nuit & jour ſous le poids de tes chaînes,
Sans me plaindre de ta rigueur;
Epargne ce que j'aime; au milieu de mes peines,
Je croiray reſſentir ta plus chere faveur.

Amour, ſignale, &c.

SCENE II.

BIBLIS, IPHIS, Suite de BIBLIS.

BIBLIS.

à sa Suite, à IPHIS.

SOrtez. Je veux icy vous parler sans témoins :
J'ay toûjours reconnu vôtre amour à vos soins ;
Mais, ce n'est point assez ; si vous m'êtes fidele,
　　Que je puisse au moins m'en flâter ;
Il faut en me servant, me montrer vôtre zele,
　　Il ne sçauroit trop éclater.

IPHIS.

Parlez, vous connoîtrez à quel point je vous aime.

BIBLIS.

Les Dieux vont de mes jours éteindre le flâmbeau ;
Dans l'état où je suis, inutile à moy-même,
Dois-je encor soûtenir le poids du Diadême,
Quand je ne cherche plus qu'à descendre au tombeau ?

IPHIS.

Non, vous ne mourrez point ; pour sauver ma Princesse,
　　Tout est possible à ma tendresse.

BIBLIS.

Mon Frere est prêt d'abandonner ces lieux,
Il faut le retenir, malgré l'Arrest des Dieux.

IPHIS.

Et si vous perissez, il en sera coupable;
　　Que son sort est infortuné!
Que le Ciel soit injuste, ou qu'il soit équitable;
Dois-je vous obéir, lorsqu'il l'a condamné?

BIBLIS.

Pouvez-vous balancer, quand l'Amour vous l'ordonne?

IPHIS.

Un noir pressentiment me défend d'obéir.

BIBLIS.

　　Tu veux donc le laisser partir?

IPHIS.

Je veux vous conserver la vie, & la Couronne.

BIBLIS.

Non, ce n'est point l'amour qui cause tes soupirs,
La seule ambition a fait naître ta flâme:
　　Ah! si je regnois dans ton ame,
　　Tu seconderois mes desirs.
Non, ce n'est point l'amour qui cause tes soupirs,
La seule ambition a fait naître ta flâme.

IPHIS.

Quel reproche cruel faites-vous à mes feux?
Sans mourir de douleur, mon cœur peut-il l'entendre!
　　Reserviez-vous un sort si rigoureux
　　A l'Amant le plus tendre?

B I B L I S,

Quel supplice ! ... & comment l'ay-je pû meriter ?
Vous me quittez, Cruelle !

B I B L I S.

Ah ! c'est trop m'arrêter,
J'ay cru que sur ton cœur j'aurois eu plus d'empire.

I P H I S.

Vous n'en avez que trop pour vous faire obêir.

B I B L I S.

On vient. Pour ton bonheur, fais ce que je desire,
Où jamais, à mes yeux garde-toy de t'offrir.

à part.
Qu'ay-je fait ? juste Ciel ! puisse-t-il me trahir !

S C E N E I I I.

C A U N U S, I S M E N E.

I S M E N E.

IL est donc vray, Seigneur, malgré vôtre tendresse,
Pour la derniere fois je m'offre à vos regards ;
Est-ce ainsi que pour moy vôtre amour s'interesse ?
Vous regnez, vous m'aimez, je vous aime, & je pars.

Helas ! trop funeste Victoire,
Que tu coûtes cher à mon cœur !
De quoy peut me servir la gloire,
Quand je dois perdre le Vainqueur.
Helas ! trop funeste Victoire,
Que tu coûtes cher à mon cœur ?

CAUNUS.

Quittez un si funeste Empire,
La foudre gronde en ces climats ;
Trop heureux , si par mon trépas ,
Je détourne les maux qu'on vient de me prédire.
Fuyez un Criminel que condamnent les Dieux.

ISMENE.

Quand vous précipitez nos funestes adieux,
Oubliez-vous que je vous aime ?
Ah ! si vous perissez , laissez-moy dans ces lieux
Joüir de la douceur extrême,
De finir mon sort à vos yeux.

CAUNUS.

Vous ne connoissez point mon destin déplorable.

ISMENE.

Ah ! dans la douleur qui m'accable,
Ay-je à craindre d'autre malheur ?
Venez dans mes Etats , dont vous êtes vainqueur,
Vous rendre près de moy , le Ciel plus favorable.

CAUNUS.

Je remplis ce séjour de trouble & de terreur,
J'irrite les Enfers , j'allume le Tonnerre,
J'arme la main des Dieux , pour nous livrer la guerre,
Et je traîne après moy l'épouvante & l'horreur.
Fuyons de ce séjour , je le rends trop funeste,
Partons , épuisons seul la colere celeste.

I S M E N E.

Cruel, vous fuyez de ces lieux,
Et vous refusez de me suivre :
Ignorez-vous, qu'absente de vos yeux,
Ismene va cesser de vivre.

C A U N U S.

Du malheur qui me suit sauvez-moy, sauvez-vous,
Sauvez un Peuple qui vous aime.

I S M E N E.

Pour m'arracher mon Diadême,
Que les Mortels s'unissent-tous ;
Que l'Enfer, les Cieux en couroux
M'accablent de l'horreur extrême,
De voir perir mon Peuple, & de perir moy-même :
Dans le plus affreux désespoir,
Tout me punira moins, que de ne pas vous voir.

C A U N U S.

Vos beaux yeux, sur mon cœur, n'ont que trop de
    puissance ;
Sous un autre climat, cherchons un fort plus doux.

E N S E M B L E.

Dieux ! si nôtre amour vous offense,
Lancez vos traits, punissez-nous.
Nous meritons vôtre vangeance ;
Mais, n'accablez que moy sous l'effort de vos coups :

Dieux, &c.

On entend le bruit d'une Marche.

ISMENE.

Mes fideles Sujets, par des chants d'allegreſſe,
Vont célébrer le jour qui me rend mes Etats :
Reconnoiſſons leur zele & leur tendreſſe,
Et venez avec moy vivre en d'autres climats.

SCENE IV.

CAUNUS, ISMENE, Troupe de CARIENS & de MATELOTS.

CHOEUR.

REndons hommage à nôtre Reine,
La valeur d'un Heros la rend à nos ſouhaits :
Il regne dans le cœur de nôtre Souveraine ;
Qu'il regne ſur nous à jamais.

UNE MATELOTTE.

Que tes traits,
Dieu d'amour, ont des attraits !
Regne à jamais
En paix :
Remplis de tes bien-faits
Les cœurs qui vivent ſous ta loy,
Qui n'ont recours qu'à toy :
Fais-leur goûter le repos,
Quand le Vent trouble l'Onde.
Mer profonde,
Quand tu gronde,
L'Amour vole ſur les flots.

BIBLIS,

Que les doux Zephirs
Et les Plaisirs,
Conduisent au Port les Amants
Toûjours constants:

Profitez du tems
De vôtre Printems,
Embarquez-vous,
L'Empire de l'amour est doux.

On danse.

UNE MATELOTTE, à ISMENE.

Tout rit, tout flatte vos desirs,
Partez, suivez la route des Plaisirs:
Après vos larmes,
Que de charmes
Vont payer vos tendres soupirs!
Malgré l'orage
On arrive au rivage,
Quand l'Amour prend soin du sort des Amants;
Que les tourments
Deviennent charmants,
Quel destin est plus doux,
L'Amour est pour nous!
Mettons à la voile,
Nous voyons l'Etoile
Qui conduit au Port;
Ce font vos yeux qui reglent nôtre Sort.   On danse.

Dans le tems que CAUNUS & ISMENE font prêts à s'embarquer,
JPHIS, à la tête des Peuples d'IONIE, vient les arrêter.

SCENE V.

SCENE V.

CAUNUS, ISMENE, IPHIS,
Troupe d'IONIENS, de CARIENS,
& de MATELOTS.

IPHIS.

SEigneur, ne quittez point ces lieux :
Aux maux de vos Sujets, ſoyez encor ſenſible ;
La Reine en ce moment terrible,
Vient de diſparôitre à nos yeux.
Tout gemit, tout languit, tout eſt remply d'allarmes ;
Voyez ce Peuple à vos genoux.

CHOEUR D'IONIENS.

Au nom de nôtre amour, de nos maux, de nos larmes,
Regnez, regnez ſur nous.

CAUNUS.

Non, non, me retenir, c'eſt me rendre coupable.

CHOEUR.

Vous êtes nôtre unique eſpoir.

CAUNUS.

Vôtre deſtin ſera plus déplorable ;
Ecoûtez la voix du devoir :

C

C'est moy qui cause vôtre peine,
Laissez-moy désarmer les Dieux.

CHOEUR.

Qu'ils épuisent sur nous leur haine.

IPHIS.

Soyez touché du Sort de tant de malheureux !

ISMENE.

Les Dieux vous imputent des crimes
Que vous n'avez jamais commis.

CAUNUS.

Sortons. Que le sang des Victimes
Apaise les Dieux ennemis ;
Qu'à nos vœux ils rendent Biblis.

FIN DU SECOND ACTE.

ACTE TROISIE'ME.

Le Theâtre repréſente un Antre ; L'on y voit
un Tombeau en forme de Pyramide, où ſont
les Anceſtres de BIBLIS.

SCENE PREMIERE.

BIBLIS.

Ejour impénetrable à la clarté des Cieux,
Antres affreux, Objets funebres,
Fremiſſez avec moy de mon ſort rigoureux;
Mais, n'en rougiſſez plus, Manes de mes Ayeux ,
Je viens cacher mes feux dans l'horreur des Tenebres.

Je n'ay point fait l'aveu du crime de mon cœur,
Ma mort va luy donner ſa premiere innocence ;
Ranimez mon courage , excitez la vangeance
Dont je vais punir mon ardeur.

Séjour impenétrable , &c.

SCENE II.

BIBLIS, IPHIS.

IPHIS.

QUel trouble ! juste Ciel ! qu'osez-vous entre-
    prendre ?
Connoissez un Amant guidé par sa douleur,
    C'est Iphis qui vient vous défendre
    Contre vôtre propre fureur.

BIBLIS.
Que vois-je ? Iphis ! Fuy, Témeraire !
Que cherche-tu dans ce séjour d'horreur ?

IPHIS.
Je ne cherche que vous.

BIBLIS.
                Tu cherches ma colere.

IPHIS.
        Quelle injuste rigueur !
Quand, pour sauver vos jours l'Amour icy m'ameine,
Me faudra-t-il encor combattre vôtre haine ?

Ne m'avez-vous flatté de l'espoir le plus doux,
Que pour livrer mon cœur au plus cruel supplice ?
        Helas ! pourquoy me flatiez-vous,
Si vous ne deviez pas finir vôtre injustice ?

Pour défarmer vôtre couroux,
Et pour vous ramener moy-même à la lumiere,
L'Amour a devancé l'empreſſement d'un Frere.

BIBLIS.

Quoy ! mon Frere en ces lieux ?
A les quitter il n'a pû ſe reſoudre !
Quel amour ! ... ah ! des Dieux il fait tomber la
   foudre.

IPHIS.

Les rayons du flambeau des Cieux,
Sont moins purs que le feu qui dévore mon ame:
Pourquoy voulez-vous que les Dieux
S'offenſent jamais de ma flâme ?

BIBLIS.

Qui peut échaper à leurs coups ?
Quand ils veulent punir, tout leur paroît un crime,
Et l'amour le plus legitime
Attire ſouvent leur couroux.

Mais, parle, quel ſujet a retenu mon Frere ?
IPHIS.
Pourquoy le demander, lorſque vous l'ordonnez ?
BIBLIS.
C'eſt moy !
IPHIS.
   J'ay tout fait pour vous plaire,
Et c'eſt vous qui le retenez.

B I B L I S.

Non, tu ne devois pas m'en croire,
Il falloit le laiſſer partir:
Quand je ne cherche qu'à mourir,
Tu me fais offenſer & les Dieux & ma gloire,

I P H I S.

Il falloit donc vous voir perir?

B I B L I S.

Je n'en mourray pas moins, & je mourray coupable.

I P H I S.

Que dites vous?

B I B L I S.

Dans mon Sort déplorable
Rien ne ſçauroit me ſecourir:
Laiſſe-moy, c'eſt trop me contraindre.

I P H I S.

Quand vous voulez perir, je n'ay plus rien à
craindre.

B I B L I S.

Crains ma haine, crains ma fureur.

I P H I S.

C'eſt tout ce que je crains.

B I B L I S.

Crains un plus grand malheur.
Va, fuy, jure en partant, pour vaincre ma rigueur,

De cacher où je suis.

IPHIS.

De cacher où vous êtes!
Non, je ne promets rien, dûssiez-vous me haïr,
Encore plus que vous ne faites.
Ah! puisque mon amour ne peut vous secourir,
Il faut avoir recours à l'amitié d'un Frere.

BIBLIS.

Arrête Iphis! il fuit! ô Ciel! que va-t-il faire?
Et moy! que vais-je devenir?

SCENE III.

BIBLIS.

QUoy! les Dieux ennemis du bonheur de ma vie,
Ne sont-ils pas contents d'allumer mon ardeur?
Veulent-ils, pour remplir toute leur barbarie,
Au peril que je fuis, faire tomber mon cœur.
Non, malgré leur haine cruelle,
La mort sçaura me secourir.
Apollon, dans l'exès de ma douleur mortelle,
Je ne t'implore icy que pour mourir:
Mais, j'éprouve déja ton secours favorable,
Je céde au tourment qui m'accable.

Elle tombe évanouïe.

SCENE IV.

Le Theâtre change, & repréfente les Champs-
Elifées.

BIBLIS, Troupe de SONGES fous la forme
d'Amants heureux, qui par l'ordre d'Apollon,
par le caractere du Chant & de la Danfe, expriment
le bonheur dont ils joüiffent.

UN SONGE.

Que le Dieu charmant qui nous bleffe,
Pour jamais enchaîne nos cœurs :
Nous goûtons dans nôtre tendreffe
Ses plus innocentes faveurs.

CHOEUR.

Que le Dieu, &c.

UN SONGE.

Les foupçons & les craintes
N'ont jamais troublé nos amours :
Les amoureufes plaintes
Font naître nos plus beaux jours.

CHOEUR.

Que le Dieu charmant qui nous bleffe,
Pour jamais enchaîne nos cœurs :
Nous goûtons dans nôtre tendreffe
Ses plus innocentes faveurs.

UN SONGE.

UN SONGE.

Douces Flâmes
Qui brûlez nos ames,
Vos vrays plaisirs
Sont dans les desirs.

CHOEUR.

Que le Dieu charmant qui nous blesse,
Pour jamais enchaîne nos cœurs :
Nous goûtons dans nôtre tendresse
Ses plus innocentes faveurs.

On danse.

UN SONGE.

Dans ce séjour délicieux
Tu regnes, tendre Amour, tu fais briller tes charmes :
Les traits que tu lances aux Cieux
Ne sont point sans allarmes.

Nos cœurs sont toûjours satisfaits,
Quand sous tes loix tu les engages :
Amour, pour prix de tes bienfaits,
Reçois sans cesse nos hommages.

Dans ce séjour délicieux
Tu regnes, tendre Amour, tu fais briller tes charmes :
Les traits que tu lances aux Cieux
Ne sont point sans allarmes.   On danse.

D

UNE AMANTE HEUREUSE,
alternativement avec le Chœur.

Aimons-tous dans ce doux azile,
Les plaisirs sont faits pour nos cœurs,
Nôtre Sort est icy tranquile,
Le Printems y répand ses faveurs.
Les Amours sont toûjours nos vainqueurs,
Et leurs tendres ardeurs
Ont pour nous des douceurs.   On danse.

Le Theâtre change, & représente l'Enfer ; on voit plusieurs
Criminels celebres représentez sur la Décoration.

Troupe de Songes sous la forme d'Amants malheureux,
qui par l'ordre d'Apollon, par le caractere du Chant
& de la Danse expriment leurs tourments.

CHOEUR.
Cruel Amour, que tes traits
Nous causent de peines,
Tes rigueurs inhumaines
Ne finissent jamais.

Quel orage !
Quel ravage
Trouble nos jours !
La fureur & la rage
Sont le partage
De nos amours.
Non, les supplices des Enfers
Sont moins cruels que nos fers.
                    On danse.

LE CHOEUR.

Que de nos cris douloureux
L'Enfer retentisse ;
Qu'avec nous il frémisse
De nos maux rigoureux.

Quel orage !
Quel ravage
Trouble nos jours !
La fureur & la rage
Sont le partage
De nos amours.
Non , les supplices des Enfers
Sont moins cruels que nos fers.

SCENE V.

Le Theâtre reprend la Décoration de l'Antre.

BIBLIS.

QU'ay-je vû ? quels forfaits ? quelle funeste flâme
Pour qui sont destinez tant de tourments divers ?
Est-ce pour me punir ? Ministres des Enfers ,
Frapez : le feu qui dévore mon ame,
Est cent fois plus cruel que les tourments affreux,
Que vous faites souffrir à tant de malheureux.

Calme heureux, où mes jours couloient dans l'innocence:
Non, je ne vous verray jamais.

La Gloire avec la Paix regnoient d'intelligence,
Et versoient sur moy leurs bien-faits.
Quel changement ! le Sort me reduit au silence,
Et l'Amour dans mon cœur, a lancé tous ses traits.

Calme heureux, où mes jours couloient dans l'innocence:
Non, je ne vous verray jamais.

SCENE VI.
CAUNUS, BIBLIS.

CAUNUS.

O Ciel ! par quel malheur extrême
Fuyez-vous les regards d'une Cour qui vous aime ?
Si vous n'écoutez point les plaintes d'un Amant,
Laissez-vous attendrir à la douleur d'un Frere.
Sortez de ce séjour, revoyez la lumiere,
Rendez-vous aux soupirs d'un Peuple gemissant.

BIBLIS.

Laissez-moy dans ces lieux, ma mort est moins cruelle
Que de revoir encor le jour:
Je suis sensible aux maux d'un Peuple si fidele,
Et plus sensible à son amour ;
Mais, le Destin plus fort, s'oppose à son envie.

CAUNUS.

Quel sujet inconnu vous fait chercher la mort,
    Quand vous devez aimer la vie?
    Parlez, par quel barbare sort
    Faut-il qu'elle vous soit ravie?

BIBLIS.

Ne cherchez point à vous en éclaircir,
    Si vous plaignez les peines que j'endure.

CAUNUS.

Contre vôtre rigueur mon amitié murmure.

BIBLIS.

    Eloignez-vous.

CAUNUS.

        Non, non, je veux vous secourir.

BIBLIS.

    Ne me faites point violence,
Respectez ma douleur, respectez mon silence.

CAUNUS.

Abandonnez ces lieux, venez, suivez mes pas.

BIBLIS.

Je sens trop qu'à vous voir j'allume le Tonnerre.

CAUNUS.

A me voir! juste Ciel! que dites-vous? helas!
Quoy! vôtre haine encor me declare la guerre?

B I B L I S.

B I B L I S.

Ma haine !... Ah ! laiſſez-moy, je céde à mes malheurs...

C A U N U S.

O Dieux !

B I B L I S.

Venez, le Ciel m'éclaire,
Je puis ſans l'offenſer, voir encor la lumiere.

Couronnons de tendres ardeurs,
Que l'Hymen, à jamais, vous joigne avec Iſmene.
à part.
Dieux, que ce Sacrifice apaiſe vôtre haine.

FIN DU TROISIEME ACTE.

ACTE QUATRIEME.

Le Théâtre représente un Lieu, embelly pour
célébrer l'Hymen de CAUNUS avec ISMENE.

SCENE PREMIERE.

ISMENE.

Unique apuy de la constance,
Vous, qui calmez les maux d'une tendre langueur,
Hâtez-vous, flateuse Esperance,
Volez, & regnez dans mon cœur.

Rien ne s'oppose plus à ma tendresse extrême;
L'Amour à mes desirs, enchaîne ce que j'aime,
Et l'Hymen de ses plus doux nœuds,
Va nous rendre à jamais heureux.

Unique apuy, &c.

S C E N E I I.

B I B L I S, I S M E N E.

I S M E N E.

QUoy ? c'eſt vous qui voulez achever mon
     bonheur ?
Vous, qui vous oppoſiez au penchant de mon ame :
       Puis-je croire que vôtre cœur
       Conſente à couronner ma flâme ?

B I B L I S.

C'eſt moy-même, oubliez mon injuſte rigueur.

I S M E N E.

Je jouis d'un bonheur qui paſſe mon attente ;
Sous les loix d'un Amant, par les mains de l'Amour,
L'Hymen va couronner une flâme conſtante ;
      Mais, je ne vivray point contente,
Si vous ne jouiſſez de la clarté du jour.

B I B L I S.

Envain, pour attacher mon deſtin à la vie,
On a ſçû m'arracher de ces Antres affreux ;
Envain, aux Immortels on offre mille vœux,
Il faut céder au Sort dont ſuis pourſuivie.

Iſmene,

Ismene, vous pleurez !

ISMENE.

Laissez couler mes pleurs.

BIBLIS.

Le jour de vôtre Hymen, vous répandez des larmes.

ISMENE.

Le trouble que je sens empoisonne les charmes,
Qu'un doux Hymen prépare à de sensibles cœurs.

ENSEMBLE.

Soyez touchez de nôtre peine,
Dieux tout-puissants, écoûtez nos soupirs :
Helas ! faut-il que vôtre haîne
Trouble nos plus tendres desirs ?

BIBLIS.

Rassurez-vous, & consolez un Frere
De la perte qu'il fait en moy.

Au nom du tendre Amour dont vous suivez la loy,
Quand je ne verray plus l'Astre qui nous éclaire,
Rapellez dans son souvenir
Mon amitié vive & constante ;
Au séjour des Enfers, je descendray contente,
Si je puis me flater de ce doux avenir.

ISMENE.

N'augmentez point le trouble de mon ame.

BIBLIS.

Pour mieux triompher en ce jour,
Je veux moy-même icy couronner vôtre flâme ;
Faites venir l'Objet de vôtre amour.

E

SCENE III.

BIBLIS, IPHIS.

IPHIS.

NE puis-je vous revoir, Princesse inéxorable,
     Sans exciter vôtre couroux ?
Je lis dans vos regards mon destin déplorable,
     Quand je dois lire un Sort plus doux.

BIBLIS.

Parlez, Iphis, qu'éxigez-vous ?

IPHIS.

Helas ! un regard moins févere
    Pour prix de ma sincere ardeur ;
Vous voir, & ne pas vous déplaire,
    C'est ce que demande mon cœur.

BIBLIS.

Suis-je en état de vous entendre ?
    Cessez en ce funeste jour,
    Cessez de me parler d'amour
Lorsque je cherche à m'en défendre.
Ah ! si vous connoissiez qui cause mon malheur :
Iphis !... vous fremiriez....

IPHIS.

       A quoy dois-je m'attendre ?
Tous mes sens se glacent d'horreur :

Expliquez-vous.

BIBLIS.

Le Destin qui m'accable
Oste tout espoir à mon cœur.
Vôtre amour meritoit un fort plus favorable,
Et le mien,... un autre Vainqueur.

IPHIS.

Et le vôtre... un autre Vainqueur !
O Ciel ! quel funeste langage !
Vous aimez ; à mes feux vous donnez un Rival,
Et dans mon desespoir fatal
J'ignore quel Objet doit immoler ma rage.

BIBLIS.

Iphis, moderez ce couroux :
Helas ! dans mon malheur extrême,
Je ne sçais où je suis, ce que je dis, si j'aime.

IPHIS.

Un Rival ! quelqu'il soit doit tomber sous mes coups.

BIBLIS.

Vous n'avez point icy de Rival plus à craindre,
Que la haine des Dieux.

IPHIS.

Que mon sort est à plaindre !
Cependant, vous aimez & vous voulez perir ?
L'Amour a-t-il si peu de charmes ?
Et malgré le couroux dont je me sens saisir,
J'entrevois des horreurs qui m'arrachent des larmes.

BIBLIS.

Que dites-vous ?

IPHIS.

Pardonnez ce transport,
D'un Amant malheureux, c'est le dernier effort.

BIBLIS.

Qu'ay-je dit ! qu'ay-je fait qui vous fasse connoître ?....
Dieux ! l'auriez-vous permis ?

IPHIS.

                    Cessez de vous troubler.

BIBLIS.

Non, ce n'est point à moy, c'est aux Dieux de trembler.

IPHIS.

On vient... cachons les pleurs que nous faisons paroître.

SCENE IV.

CAUNUS, BIBLIS, ISMENE, IPHIS,
Troupe de Peuples de divers endroits de la Grece.

CAUNUS.

ENfin, voicy l'instant où le couroux des Cieux
Doit porter loin de nous son funeste ravage.

à ISMENE.

Je vais m'unir à vous, à la face des Dieux,
                    Et m'éloigner de ce Rivage.

à BIBLIS.

Princesse, cet Hymen vous fait un sort plus beau,
                    Et bannit nos tristes allarmes ;
Les Dieux vont de vos jours rallumer le flambeau ;
          Vivez, regnez, faites tarir les larmes

Que l'on a répandu pour vous:
Du plus fidele Amant remplissez l'esperance,
Et pour goûter un sort plus doux,
Puissiez-vous par l'Hymen, couronner sa constance.

Aux Peuples.

Chantez, celebrez l'heureux jour,
Où les Dieux irritez vont désarmer leur haîne;
Rendez grace à l'Hymen, rendez grace à l'Amour,
Ils rassemblent deux cœurs sous une même chaîne.

CHOEUR.

Chantons, célébrons l'heureux jour,
Où les Dieux irritez vont désarmer leur haîne;
Rendons grace à l'Hymen, rendons grace à l'Amour,
Ils rassemblent deux cœurs sous une même chaîne.

On danse.

UNE MILESIENNE.

Loin de nous les allarmes,
Goûtons mille plaisirs;
Un Destin plein de charmes
Couronne nos desirs.

CHOEUR.

Loin de nous les allarmes, &c.

LA MILESIENNE.

Tendre Amour, quelle gloire
Tu remportes en ce jour!
La Paix, par ta victoire,
Regne en cette Cour.

CHOEUR. *Loin de nous,* &c.

BIBLIS,

LA MILESIENNE.

Que l'Amour de ses armes
Blesse seul les cœurs :
Que les plus fiers Vainqueurs
Eprouvent ses ardeurs.

CHOEUR.

Loin de nous les allarmes,
Goûtons mille plaisirs :
Un Destin plein de charmes,
Couronne nos desirs.

LA MILESIENNE.

Sur nos ames,
Dieu des Ris & des Jeux,
Répand tes douces flâmes :
Réponds à nos vœux,
Rend-nous heureux.

CHOEUR. *Sur nos ames,* &c.

LA MILESIENNE.

Que tous les Mortels
Dressent des Autels
Au plus puissant des Immortels :
Il tient sous ses loix,
Les Dieux & les Rois ;
Tout porte ses fers
Jusqu'aux Enfers.

CHOEUR.

Sur nos ames,
Dieu des Ris & des Jeux,
Répand tes douces flâmes :
Réponds à nos vœux,
Rend-nous heureux.

LA MILESIENNE.

Est-il un cœur sauvage
Exempt de l'hommage,
Que ce Dieu charmant
Exige d'un Amant !

CHOEUR. *Sur nos ames, &c.*

On danse.

On apporte un Autel.

BIBLIS.

Approchez, il est tems que l'Hymen vous unisse ;
Joignez-vous à mes vœux au pied de cet Autel ;
Il faut qu'un Sacrifice auguste & solemnel
Rende à jamais le Ciel à vôtre Hymen propice.

On amene la Victime. BIBLIS prend le coûteau
des Sacrifices.

Dieux du Ciel, des Enfers, de la Terre & des Mers,
Les Rois sont vôtre image ;
Quand vous les punissez aux yeux de l'Univers,
Vous avilissez vôtre ouvrage :

Mais, si le repentir défarme vos rigueurs,
Que ne flechit-on point par le fang des Victimes ?
Recevez aujourd'huy pour effacer nos crimes,
Du fang, des foupirs & des pleurs.

B I B L I S veut fe frapper au lieu de la Victime :
C A U N U S l'arrête & la défarme.

C A U N U S.

Que faites-vous ?

I S M E N E.

Je tremble !

I P H I S.

Ah ! quelle barbarie.

B I B L I S.

Dieux ! faudra-t-il toûjours par un funefte fort,
Me voir retenir à la vie
Par cette même main qui me donne la mort.

C H OE U R.

Calmons ce furieux tranfport.

FIN DU QUATRIE'ME ACTE.

ACTE V.

ACTE CINQUIE'ME.

Le Theâtre repréſente le Palais de BIBLIS.

SCENE PREMIERE.

CAUNUS.

Qu'ay-je entendu, grands Dieux ! & quel
    Demon barbare
      A conduit la main de Biblis ?
Une ſoudaine horreur de mon ame s'empare,
Où ſuis-je ? qu'ay-je vû ? je tremble, je fremis !

    Amour, diſſipe mes allarmes,
    Je crains le plus cruel malheur ;
Le noir preſſentiment qui dévore mon cœur,
M'arrache malgré-moy, des ſoupirs & des larmes.

Prens pitié d'un Amant ſenſible à tes ardeurs,
Triomphe du Deſtin, déſarme le Tonnerre,
Les Dieux depuis long-tems me declarent la guerre ;
    C'eſt à toy ſeul de fléchir leurs rigueurs :

Amour, diſſipe, &c.

F

S C E N E II.

C A U N U S , I S M E N E.

I S M E N E.

AH ! Seigneur, raſſurez une Amante timide
Qui n'oſe point encor vous nommer ſon Epoux :
Helas ! l'horreur d'un Parricide
Eſt un préſage affreux pour l'Hymen le plus doux !

C A U N U S.

Nôtre Hymen éclairé du flambeau des Furies,
Me fait fremir à chaque inſtant :
O Dieux ! injuſtes Dieux ! l'amour le plus conſtant
Merite-t-il vos barbaries ?

E N S E M B L E.

Amour, faut-il que tant d'horreurs
Rendent nos eſperances vaines ?
Helas ! pour qui ſont tes faveurs,
Lorſque les plus cruelles peines
Accablent les plus tendres cœurs ?

SCENE III.

CAUNUS, ISMENE, IPHIS.

IPHIS.

Dieux ! qui voyez la douleur qui m'accable,
Suis-je assez malheureux au gré de vos souhaits ?
Ah ! pour me plaindre de vos traits,
Mon destin est trop déplorable.
Je vais perdre l'Objet de mes vœux les plus doux
Quand j'ay cru le rendre sensible,
Voilà le dernier de vos coups !

à CAUNUS.

Ah ! Seigneur, prévenez le sort le plus terrible :
La Reine meurt, venez vous offrir à ses yeux ;
Vous seul pouvez changer son destin rigoureux ;
Vôtre nom mille fois est sorti de sa bouche.

CAUNUS.

Non, c'est trop resister aux Oracles, aux Dieux,
Partons : Mais je la vois, que son destin me touche !

SCENE DERNIERE.

BIBLIS, CAUNUS, ISMENE, IPHIS.

B I B L I S.

OU suis-je ! & quels Objets rallument mon ardeur ?
Eloignez-vous de moy. Vous, demeurez Seigneur.

BIBLIS & CAUNUS demeurent seuls. IPHIS
& ISMENE paroissent au fond du Theâtre.

CAUNUS.

Du Sort cruel qui vous accable
J'éprouve les funestes coups :
Les Dieux sont-ils-tous en couroux,
N'en est-il point de favorable ?

BIBLIS.

Quand j'ay voulu désarmer leurs rigueurs,
Pourquoy trompiez-vous mon attente ?

CAUNUS.

Durent à jamais nos malheurs,
S'il faut les voir finir par une mort sanglante.

BIBLIS.

Nos regrets, nos soupirs sont vains,
Il faut du sang.

CAUNUS.

Non, non, maître de nos destins,

Mon départ tiendra lieu de plus grand sacrifice.
Recevez mes derniers adieux ;
Je vais, des Immortels appaiser la justice.

BIBLIS.

Vous, recevez les miens, & regnez dans ces lieux.

CAUNUS.

Pour jamais je les abandonne.

BIBLIS.

Il n'est plus tems, Seigneur,

CAUNUS.

Je vous rends la Couronne.

BIBLIS.

Pourquoy, d'un autre sang, & loin de ces climats
N'ay-je pas reçû la naissance ?
J'aurois vécu sans trouble en ne vous voyant pas ;
Ou du moins, sans jamais perdre mon innocence,
J'aurois pû vous offrir mon trône & ma puissance.

CAUNUS.

Qu'entens-je ! quelle horreur s'empare de mes sens ?
Oubliez-vous ! . . . . ô Ciel ! quel funeste mistere !

BIBLIS.

Sur quoy puis-je oublier que je parle à mon Frere ?

CAUNUS.

Pardonnez à mon cœur ces transports offençans,
Mais, je ne sçaurois plus vous voir, ny vous entendre.

B I B L I S.

Arrête. C'est envain que tu veux t'y m'éprendre ;
      Cruel , pour combler mes malheurs
Tu ne m'entens que trop.

C A U N U S.

                  Ah ! voilà les horreurs
Que mon cœur éperdu fremissoit de m'apprendre.

Frapez, Dieux tout-puissans , frapez un Criminel,
Qui n'a point écoûté la voix de vos Oracles :
Vous m'avez prévenu pour fuïr ce coup mortel ;
      Devois-je trouver des obstacles ?

I P H I S & I s m e n e s'avancent sur le devant
du Theâtre.

B I B L I S.

Vous l'avez-donc permis , impitoyables Dieux !
Après ce que j'ay fait pour échaper au crime ,
En voulant l'éviter , je tombe dans l'abîme ,
Et malgré-moy , je fais un aveu si honteux.
Signalez-vous ainsi vôtre pouvoir suprême
        Pour punir de foibles humains ?
Non , plus forte que vous , voyez mes propres mains
      Vous vaincre, & me punir moy-même.

                              Elle se frappe.

I P H I S.

O Ciel!

B I B L I S.

C'en est fait, je meurs.

I P H I S.

O mortelles douleurs!
Pour jamais je perds ce que j'aime.

I S M E N E.

Helas!

B I B L I S.

Plaignez le destin de Biblis;
Les Dieux ont fait le crime,... & moy,...je m'en
punis.

I P H I S.

Elle expire, & je vis! ma peine est sans égale.

C A U N U S.

Dieux inhumains!

I P H I S.

Mort trop fatale!

FIN DU CINQUIE'ME ET DERNIER ACTE.

APROBATION.

J'AY lû par ordre de Monseigneur le Garde des Sceaux ; *La Tragedie de* *BIBLIS.* Fait çe 18. Octobre 1732. Signé G A L L Y O T.